AF385336

POÉSIES FUGITIVES,

A LA GLOIRE

DE NOS BRAVES FRÈRES D'ARMES,

PRÉSENTÉES

Au MINISTRE DE LA GUERRE, au GÉNÉRAL EN CHEF des 1.re et 15.e Divisions militaires, et au Général BERTHIER, Chef de l'État-major;

Par le C.^{en} BOISSON-QUENCY,

Membre de plusieurs Académies et Sociétés littéraires.

SECONDE ÉDITION.

An IX de la République française.

AU PREMIER CONSUL.

ODE

Sur le passage du mont Saint-Bernard et les derniers exploits militaires du Général BONAPARTE.

[Présentée au Ministre de la guerre le 8 Messidor an 8.]

DANS tes archives immortelles,
O France ! laisse-moi le soin
De peindre, avec des traits fidelles,
Les exploits dont tu fus témoin.
Permets à ton heureux Génie
De diriger la sympathie
Dont je sens les divins transports ;
Et pour chanter des faits si rares,
Que l'on doute si les Pindares
N'ont point quitté les sombres bords.

Tel qu'on voit un épais nuage,
Redoutable arsenal des cieux,
A quelque infortuné rivage
Annoncer le courroux des Dieux ;
Pour frapper de coupables têtes,
Les foudres, la mort, les tempêtes

Percent ses flancs avec l'éclair ;
Par-tout leur rage foudroyante
Porte l'horreur et l'épouvante
Sur l'aile des tyrans de l'air.

Tels Bonaparte et notre armée,
Franchissant monts, forts et marais,
Près d'une frontière alarmée,
Assurent leurs nouveaux projets ;
Tandis que Gènes assiégée,
Et par terre et par mer bloquée,
Contient de Mélas la fureur,
Sous ce Massena, dont la foudre,
En Helvétie, a mis en poudre
Le Russe jusque-là vainqueur.

Dirigé par Mars et Minerve,
Rival du premier des Césars,
Ce Consul, que l'Europe observe,
Guide par-tout nos étendards,
Dans cette rapide carrière,
Le Mont-Bernard, faible barrière,
Ne saurait arrêter son char ;
Ces peuples, dans leurs casemates,
Pensent, auprès de leurs Pénates,
Voir encor le fils d'Amilcar.

Déjà ces Titans trop superbes
Ont vu réduire, en dépit d'eux,
Au niveau des plus viles herbes
Leurs retranchemens sourcilleux.
Aost, Châtillon, le fort Barre,
Montebello, Verceil, Novarre,

Par lui se virent affrontés :
Par-tout où son glaive étincelle,
La Mort frappe, le sang ruisselle,
Et nos ennemis sont domptés.

Le soldat, sous un tel Alcide,
S'élance à de nombreux succès ;
Brûlant d'une ardeur intrépide,
Il seconde ses grands projets.
Victimes de tant de conquêtes,
Fiers Germains, malgré vos défaites,
Confessez, en face des Dieux,
Qu'au milieu de vos tempêtes
Vous n'avez jamais vu nos têtes
S'élever aussi près des cieux.

Mélas, d'une impuissante ligue
Seul espoir, mais infructueux,
En vain tu crois servir de digue
A ce torrent impétueux !
Vouloir retarder nos conquêtes,
C'est préparer plus de tempêtes
Aux dépens de braves guerriers :
Déjà ton élite flottante
Tremble et recule d'épouvante
Devant les Lannes [1], les Berthiers [2].

---

[1] Le général Lannes commandait les troupes de l'avant-garde.

[2] Le général Berthier commandait en chef celles de l'armée entière ;
il eut son habit criblé de balles à la célèbre bataille de Marengo.

i.

La victoire est - elle incertaine
Lorsque par eux on est guidé !
L'un rivalise avec Turenne,
Et l'autre avec le grand Condé.
A Marengo comme à Tortonne,
A leur aspect chacun s'étonne
De voir leurs coursiers haletans
Voler au chemin de la gloire,
Et comme appeler la victoire
Par leurs bruyans hennissemens.

Leurs crins flottent au gré d'Éole,
Franchissant ces sentiers divers;
Sous leurs pieds la poussière vole;
D'écume leurs mors sont couverts.
Ceux qui, dans la céleste lice,
Bravèrent une main novice',
Firent un moins terrible effet :
Lorsque des chefs la renommée
Enorgueillit toute une armée,
Rien n'est douteux dans un projet.

Quel acharnement redoutable !
Défense, attaque et cent hasards
Ont rendu ce jour mémorable !
Mélas guidait ses étendards;
Un noble désespoir l'anime :
Mais, hélas ! un espoir sublime

' Allusion à la chute de Phaéton.

N'est point à l'abri des revers.
Dieux !.... qu'entends-je !... la charge sonne ;
Le fer luit, la mort l'environne ;
Un bruit confus perce les airs.

Effroi de tout ce qui respire,
Cent comètes, globes affreux,
Semblent sortir du sombre empire
Pour embraser celui des cieux ;
Tandis que nos foudres de guerre,
Rivaux du céleste tonnerre,
Écrasent les Germains altiers.
Leur étonnante résistance
Ne fait que doubler la vaillance
De tous nos braves grenadiers.

Bonaparte accourt....! sur ses ailes
La Victoire soutient son bras :
Non, jamais le vainqueur d'Arbelles
N'eut plus d'ardeur dans les combats ;
La mort n'a rien qui l'intimide ;
Par-tout son courage intrépide
Est devancé par la terreur :
Une lionne rugissante
Pour sa famille encor naissante
S'expose avec moins de fureur.

Mais la Victoire est hors d'haleine !
Le Temps s'étonne, dans les airs,
Que ses ailes puissent à peine
Suffire à tant d'exploits divers.
Murat, Victor, Marmont, Bessière,
Font aussi gronder leur tonnerre ;

Pallas devance leurs drapeaux :
Leurs noms et leur marche imposante
Glacent l'ennemi d'épouvante ;
Ils cueillent des lauriers nouveaux.

L'airain et le fer étincellent ;
Les cris aigus de nos guerriers
Au bruit des trompettes se mêlent ;
Ils font six mille prisonniers.
A Kellermann reste la gloire
De ce fait digne de l'histoire ;
Il taille en pièces les Hongrois :
Son sang-froid le caractérise,
Et sa bravoure immortalise
Le mérite de ses exploits.

Desaix, autre foudre de guerre,
Par un coup de main merveilleux,
Confirmait à toute la terre
Qu'il était digne de nos vœux ;
Lorsqu'une main impitoyable
Lance sur ce front redoutable
Un globe guidé par la mort.
Il est vengé ! l'aigle succombe ;
Trois mille Germains, sur sa tombe,
Par nous sont immolés encor.

Tout cède ; et la terre inondée
Du sang des malheureux soldats,
Montre à Mélas sa destinée,
S'il livre encor de vains combats.
Trop heureuses dans leur défaite,
La nuit vient couvrir la retraite

De ses légions aux abois ;
Et le Pô, sur ses tristes rives,
N'entend plus que des voix plaintives
Qui murmurent de nos exploits.

Mélas en fuite, au loin s'écarte ;
Désormais il n'oppose plus
Aux succès du grand Bonaparte
Que l'impuissance de Porus.
Tout se rend ; onze places fortes
Font ouvrir, à l'envi, leurs portes.
C'est après de si grands succès
Qu'il nous propose une armistice
A nos intérêts si propice,
Pour la plus honorable paix.

Tandis qu'au loin la Renommée,
Par mille récits étonnans,
Raconte à l'Europe alarmée
Des exploits aussi surprenans,
On apprête, à Paris, des fêtes
Pour y célébrer les conquêtes
De ce héros qu'elle a nommé
Pour la gouverner en bon père.
Que chacun de nous le révère !
En France il est *le Bien - aimé.*

Par l'Adjudant-commandant

BOISSON-QUENCY,

*Membre de plusieurs Académies
et Sociétés littéraires.*

ÉPÎTRE

*Sur les exploits militaires et les vertus sociales du
Général en chef* MOREAU.

JE chante les combats et la haute valeur
D'un Guerrier immortel et pacificateur,
Qui, de ses grands exploits ayant rempli l'histoire,
Prit soin d'éterniser lui-même sa mémoire.

O vous ! divines sœurs, qui, dans les champs de Mars,
Avez suivi ses pas, guidé ses étendards,
Qui de nombreux lauriers sages dispensatrices
A ses vastes projets fûtes toujours propices ;
Vous qui garantissez du naufrage des temps
Les noms les plus fameux et les faits éclatans :
Apprenez-moi comment, dans un si court espace,
Mon héros surpassa les héros de la Thrace :
A ces brillans récits prêtez votre clarté,
Et faites-y régner l'auguste vérité.
Je voudrais de son nom consacrer la mémoire,
Et jusqu'aux derniers temps faire passer sa gloire.
Voilà l'ambition dont mon cœur est épris !
Je sais qu'il n'appartient qu'aux sublimes esprits
D'entrer dans cette illustre et pénible carrière ;
Mais je ne saurais plus regarder en arrière.
Le péril, quel qu'il soit, n'étonne point mon cœur ;
Il ne peut résister à cette noble ardeur.

Quel autre, plus fameux par ses travaux guerriers,
Après Bonaparté, cueillit tant de lauriers !
Quand Moreau fut porter la guerre et les alarmes,
Rien n'égala l'éclat de ses premières armes;
Et l'on jugea dès-lors, par ses premiers essais,
Quels devaient être un jour sa gloire et ses succès.
Près d'Ypres, Nieuport, Spire, Ostende et Mayence,
Il signala d'abord sa haute expérience;
Comme à Kell, Ingolstadt, Carlsruch, Kirn et Menin,
En franchissant le Lech, le Cacysche et le Rhin.
Ces peuples consternés, étonnés de sa gloire,
Sur leurs rives l'ont vu ramener la victoire;
Et dans les mêmes lieux où le sort en courroux
Nous avait accablés des plus funestes coups,
Trois fois de sa valeur la foudre vengeresse
Changea des jours de deuil en des jours d'alégresse,
Ranima les soldats qui doutaient du succès,
Et rétablit par-tout l'honneur du nom français.
Que de combats gagnés ! que de villes conquises !
Quel nombre, quels tableaux d'heureuses entreprises !
Nos plus fiers ennemis tremblans ou dispersés,
Leurs chefs les plus fameux, surpris, embarrassés;
Des roches, dont la cime osait percer les nues,
Par de triples remparts et des murs soutenues,
Malgré tous les secours de la flamme et du fer,
Contraintes de se rendre au milieu de l'hiver.
On crut que la Victoire, attentive à lui plaire,
Agissait par ses lois, ou craignait sa colère.

Sa rare modestie en ses prospérités,
Sa grandeur, son courage en ses adversités,

Et ses autres vertus, que tout Français admire,
Sont de trop hauts sujets pour les pouvoir décrire.
Sur tous les opprimés répandant ses bienfaits,
Ses libéralités prévenaient leurs souhaits.
Sa bonté lui gagna, par d'invincibles charmes,
Ceux qu'il avait vaincus par la force des armes.
C'est pour tant de vertus que son nom révéré,
Plus que pour ses hauts faits doit être consacré ;
Et qu'un jour nos neveux, en lisant son histoire,
Justement attendris, béniront sa mémoire.
L'Intrigue en vain osa soustraire, à nos soldats,
Ce héros dont l'honneur guide toujours les pas :
Un instant elle crut paralyser sa gloire ;
La Vertu sur l'Intrigue a gagné la victoire ;
Et Bonaparte sut le rendre à tous nos vœux.
Français ! fut-il pour nous d'auspices plus heureux ?
La Fortune, à sa voix, protégeant la Patrie,
Illustre les talens de son puissant génie ;
Et constamment depuis il fut victorieux :
Tout parut seconder ses desseins glorieux.

De la superbe Autriche, en Césars si féconde,
Les succès un instant étonnèrent le Monde.
L'intrépide Moreau dans nos camps reparaît ;
L'ordre s'y rétablit, et l'espoir y renaît :
Le soldat, enflammé d'une audace nouvelle,
Le suit de près et vole où la gloire l'appelle :
Sur ses pas triomphans, nos plus vaillans guerriers,
En affrontant la mort, moissonnent des lauriers.

Qui peut s'en étonner ! ce héros magnanime,
En qui tout est parfait, en qui tout est sublime,

Vit toujours de sang-froid l'image du trépas
Au milieu de l'horreur des plus sanglans combats ;
Et tirant d'un obstacle une nouvelle gloire,
Il sut toujours depuis commander la victoire.

La Bavière et l'Autriche ont vu, pour leur malheur,
Les terribles effets de sa haute valeur.
Il vint, il vit, vainquit ;.... et son ardeur guerrière
Aux plus fiers ennemis fit mordre la poussière,
Dans les divers combats où leur témérité
Reçut toujours le prix qu'elle avait mérité.
Il est beau qu'un héros qui court à la victoire,
Ouvre à ses combattans les sentiers de la gloire.
Poursuis, Moreau, poursuis tes glorieux desseins !
Porte le dernier coup à l'orgueil des Germains.

Voyons-le s'emparer des lignes formidables
De l'Inn, d'Enns et de Traun, qu'on crut inexpugnables.
Que d'ennemis vaincus ! combien sont déroutés !
Leurs plus vaillans guerriers, par-tout épouvantés,
Aux rapides vainqueurs abandonnent ces rives ;
Et l'on ne voit par-tout que troupes fugitives
Éviter des Français l'impétueux succès.
Les montagnes en vain opposent leurs sommets ;
Chacun de nos soldats, que le dieu Mars seconde,
Affronte, dans un jour, le feu, la terre et l'onde.
Enfin, Charles surpris ne voit que le trépas,
Et ses retranchemens forcés à chaque pas.
Du valeureux Moreau, pour accroître la gloire,
Hochstette, Hohenliden ' balancent la victoire.

' Allusion aux deux plus célèbres et plus sanglantes batailles qui

C'est là que les Germains, avec plus de terreur,
Virent son bras porter le carnage et l'horreur.
Toutefois rappelant leur première assurance,
Ils s'opposent en masse à sa rare vaillance.
On approche, on se mêle; et le Destin douteux
N'ose se déclarer ni pour lui, ni pour eux.
Mais contre ce guerrier la résistance est vaine;
Ce héros, de mourans couvre bientôt la plaine:
Il perce avec fureur leurs épais bataillons,
Et de leur sang versé fait rougir les sillons.
Les ennemis vaincus, honteux de leur défaite,
Virent du grand Moreau la victoire complète.

L'infortuné Mangin [1], atteint d'un coup mortel,
S'en console, en voyant le brave Rapatel [2]
Qui poursuit le Germain par lui mis en déroute,
Et traverse son camp, sa ligne et sa redoute.
Tous ces faits, mieux qu'un livre, ou flatteur ou suspect,
Jettent dans les esprits l'amour et le respect.

Dans ces mêmes sentiers qui mènent à la gloire,
Au milieu des dangers, assurant la victoire,

---

eurent lieu depuis la reprise des hostilités. Elles ont décidé du sort de deux puissans Empires, et peut-être de celui de l'Europe, puisque leur résultat a été la paix continentale.

[1] L'adjudant-commandant Mangin, gendre du sénateur Jacqueminot, était employé sous les ordres du lieutenant-général Lecourbe. Il eut le bras fracassé d'un boulet de canon dans le périlleux combat du 23 nivôse, entre Lauffen et Salzbourg; il est mort des suites de cette blessure.

[2] Le chef de brigade Rapatel est l'un de ces braves aides-de-camp du général en chef qui ont fait le plus d'actions d'éclat, et percé plusieurs ennemie pour porter des ordres au général Richepanse.

Richepanse, Grenier, Lecourbe, Éblé, Roussel,
Se parent, à l'envi, d'un laurier immortel.
Et vous, Grouchy, Dessolle, Hardy, Sainte-Suzanne,
Colaud, Souham, d'Autpoult, Ney, Montrichard, d'Aultanne,
La Victoire toujours vous précède en ces lieux.
Mais qui pourrait narrer vos faits si merveilleux !

Orgueilleuse Salzbourg, où triomphent nos armes,
Vous avez aussi vu jusqu'où va sa valeur.
La Salza, dans ses flots le voyant sans alarmes,
Frémit en admirant sa belliqueuse ardeur :
La gloire des Français, s'unissant à la sienne,
Va jeter la terreur jusqu'aux portes de Vienne.
Pour vaincre les Germains, il n'a qu'à les chercher ;
Ils n'ont plus ces remparts qui pouvaient les cacher :
Leurs gigantesques plans, que les Dieux désapprouvent,
Sont encore avortés.... tous nos succès le prouvent.
Il faudrait un Homère à tant de beaux exploits,
Qui fixent pour jamais notre bonheur, nos droits :
Ils charment tous les cœurs, et pourraient nous surprendre
Si nous n'étions au siècle où l'on doit tout attendre
D'un Français qui défend sa patrie et ses lois,
Combattant pour la gloire et la paix à la fois :
Mais nos vœux sont remplis. C'est en vain que Bellone,
A l'envi de Minerve, en tressant sa couronne,
Promet à mon héros plus d'un nouveau laurier ;
D'une honorable paix déjà le prompt courrier
Aux fiers Autrichiens fait accueillir l'olive,
Et pour la publier, la joie est la plus vive.
Tels sont du grand Moreau les faits et la valeur !
Le Consul aussitôt le nomme Ambassadeur.

Il refuse l'éclat de cet honneur insigne ;
Et s'estimant heureux d'en avoir paru digne,
La douceur du beau nom de *Pacificateur*
Est l'unique plaisir qui sait toucher son cœur.

O noble modestie ! où trouver l'homme rare
Qu'en ses détours subtils l'amour-propre n'égare,
Et qui, de ses talens se pouvant honorer,
Comme lui, dans tel cas, aime à les ignorer !

Puisse le juste Ciel, maître des destinées,
Au gré de nos souhaits prolonger ses années !
Que le brillant récit de ses faits glorieux
Le fasse respecter par nos derniers neveux !
Héros non moins fameux sous l'empire de Rhée,
Que sous celui de Mars ; adoré de l'armée,
Fortuné dans la guerre, heureux dans les amours,
Tout paraît conspirer au bonheur de ses jours.

Par l'**Adjudant-commandant**

BOISSON-QUENCY,

*Membre de plusieurs Académies
et Sociétés littéraires.*

ODE SUR LA PAIX.

[Présentée au Ministre de la guerre le 1.er germinal de l'an 9 à l'occasion de la brillante Fête qu'il donna aux autorités constituées et au Corps diplomatique.]

Assez long-temps Mars, sur la terre,
A fait des êtres malheureux :
Quitte le séjour du tonnerre,
Heureuse Paix, fille des Cieux !
O toi que l'univers implore !
Ainsi qu'une brillante aurore,
Pares-toi d'un éclat nouveau !
Et, calmant la guerrière audace
Qu'alluma le Dieu de la Thrace,
Éteins son sinistre flambeau.

Que les Jeux, les Amours, les Grâces,
Les vrais, les innocens Plaisirs,
Pour mieux voltiger sur tes traces,
Soient les émules des Zéphirs !
Fais, chez tous les peuples paisibles,
Par mille canaux invisibles,
Refluer les plus riches dons,
Telle que ces sources lointaines
Qui vont, par de secrètes veines,
Fertiliser tous nos sillons.

Dix ans de guerre et de carnage
Prouvent assez que les Français
Ont moins cherché, par leur courage,
Tant de victoires que la paix.

3

Lorsque la guerre nous rassemble,
Les dangers qu'on éprouve ensemble,
Serrent les nœuds de l'amitié.
Dans nos braves que de constance !
Plaisirs, revers, peines d'absence,
Tout entr'eux était de moitié.

Citons des exemples sublimes ;
C'est par des efforts redoublés
Qu'auprès de rivaux magnanimes
Les chefs - d'œuvre sont égalés.
Nul obstacle qui les retienne ;
Pour arriver jusques à Vienne,
Moreau brave ; en un même jour,
Le feu, les monts, la terre et l'onde ;
Par - tout Bellone le seconde,
Et le Germain craint à son tour.

Plus fort qu'Alcide et la Fortune,
Notre intrépide général.
Veut toujours deux palmes en une,
Et plus d'un héros pour rival.
C'en est fait ! tout cède, tout plie ;
Ceux même que l'honneur rallie,
L'espoir et l'appui du Germain,
Sentent que leur tactique est nulle,
Et qu'il doit les battre en Hercule
Sur cinq cents stades de terrain [1].

---

[1] Allusion aux 90 lieues de pays conquis sur les Autrichiens par l'armée française sous les ordres du général Moreau.

Macdonald, Brune, Richepanse,
Dessolle, Lecourbe, Augereaux,
Que de héros chers à la France
Ont imité vos grands travaux !
Oui ! l'Immortalité s'étonne
De cette foule que Bellone
Vient offrir à ses yeux charmés :
Elle doute que dans son temple
On puisse réunir ensemble
Autant d'hommes si renommés.

Guidés par leur haute tactique,
Et donnant l'exemple aux soldats,
Tous les chefs de la République
Ont bien assez vu de combats.
Allez, défenseurs invincibles,
Allez dans des lieux accessibles
Y multiplier vos bienfaits ;
Allez tous apprendre à la terre
Que dans la paix, comme à la guerre,
Vous êtes des héros parfaits.

Le bien commence où le mal cesse.
Fuyons de si longues horreurs :
Que le calme en tous lieux paraisse,
Et succède à tant de fureurs !
Ah ! quelque gloire qu'envisage
L'intrépide et rare courage
Dans tous ces lauriers triomphans,
Un bon père les abandonne,
S'il faut souvent qu'il les moissonne
Dans le sang de ses chers enfans.

Nous avons, par notre vaillance,
Étonné tant de rois vaincus !
Faisons plus ; de retour en France,
Étonnons-les par nos vertus.
Que Janus soit dépositaire
De ses clefs, dans son sanctuaire !
Pour être heureux dans nos foyers,
Fermons le temple de la guerre :
Le repos devient nécessaire
Quand on est chargé de lauriers.

La Paix couronne la Victoire ;
Héros français ! quel jour heureux !
Votre loyauté, votre gloire
Ont surpassé nos plus chers vœux.
Que chaque peuple, en son langage,
La célèbre sur son passage ;
Elle est la nourrice des Arts.
Reparais, ô Paix fugitive !
Ceins leurs glorieux fronts d'olive,
Au lieu des lauriers du dieu Mars !

Mais que vois-je !.... le ciel s'entr'ouvre !
Ah !..... quelle soudaine clarté
Brille à nos yeux, et se découvre
A cet univers enchanté !
Français ! reconnaissez Astrée,
Qui retourne en cette contrée,
Et descend du séjour des Dieux :
Tout me dit que c'est elle-même ;
La Candeur tient son diadème ;
La Vertu suit son char radieux.

Sa main, du bonheur occupée,
Met la Haine et l'Envie aux fers ;
La Discorde, de sang trempée,
Se replonge dans les enfers.
Tout prend une face nouvelle,
Pour voler où l'Amour l'appelle.
En présence des Immortels,
Mars même, abandonne ses armes,
Et déjà vaincu par ces charmes,
Semble dédaigner ses autels.

Sur l'Allemagne et l'Italie
Les Aquilons ne soufflent plus ;
Dans les cavernes d'Éolie
Tous leurs efforts sont confondus.
Déjà la fertile Abondance
Répare les maux de la France ;
Et comblés de dons enchanteurs,
Dans le siècle qui vient d'éclore,
Du bonheur nous voyons l'aurore,
Et les beaux jours dus aux vainqueurs.

Jeunesse trop long-temps guerrière,
Cherchez et les jeux et les ris ;
Mars les retrouve dans Cythère,
Auprès de l'aimable Cypris :
Mais, dans cette belle carrière,
Songez à repeupler la terre
D'aussi fiers et braves soldats ;
Et, sans craindre d'être perfide,
En amour qu'il soit votre guide,
Comme il le fut dans les combats.

Vous, hélas ! Nayades plaintives,
Dont Mars a troublé le repos,
Quand la Seine, loin de ses rives,
A vu partir tant de héros;
Et vous, Nymphes de nos bocages,
Qui, sous leurs gracieux feuillages,
Soupiriez après leur retour,
Calmez vos trop justes alarmes,
Et ne répandez plus de larmes
Dans un si fortuné séjour.

Le Pô n'offre plus de surprise
Aux mers par de sanglans tributs;
Le Tésin ne murmure plus
Du sort de Milan, de Venise;
Le Rhin a calmé sa fureur,
Que redoublaient en lui l'horreur
Et la honte de l'esclavage;
La Moselle, sur ses côteaux,
Promet un céleste breuvage,
Plus fameux encor que ses eaux.

Cette contrée, à qui la France
Donnait ses faveurs et ses lois,
Profite de l'heureuse chance
Qui lui conserve tous ses droits.
Dépôt sacré des destinées,
Ses droits, du fer et des années
Bravent les funestes effets;
Et désormais, dans la Belgique,
Sous un règne plus pacifique,
Le peuple restera Français.

Les trompettes et les timbales,
Ne causeront plus tes soupirs ;
Déjà leurs rumeurs infernales
Cèdent à la voix des plaisirs ;
Peuple heureux ! du sein de tes Lares,
Ne crains plus que des mains barbares
Viennent pour t'arracher encor.
Bonaparte, avec son système,
Des intrigues de l'Anglais même
Va briser le subtil ressort.

C'était ainsi que, sur la terre,
Jupiter ne faisait jamais
Tomber son dangereux tonnerre
Sans y verser quelques bienfaits.
Tandis que, par des coups terribles,
Sur certains rocs inaccessibles,
Il foudroyait quelques Titans,
De son autre main bienfaisante
Coulait une pluie abondante
Qui fertilisait tous les champs.

D'un Magistrat, son ferme espoir,
La République voit l'ouvrage ;
Chacun reconnaît lui devoir
Un si glorieux avantage.
Daigne le Ciel long-temps encor
Réserver ce jeune Nestor
A de nouveaux sujets de gloire !
Puisse enfin ce présent des Dieux
Ne descendre à la rive noire
Que pour remonter dans les Cieux !

Vous, qu'un feu poétique anime,
Auteurs si chéris d'Apollon,
Vous qui, sur le sacré vallon,
Pouvez prendre un essor sublime,
Sortez d'un coupable repos;
Ceignez le front de nos héros
Avec la couronne immortelle
Due à leurs merveilleux travaux;
Et rendez leur gloire éternelle
En chantant ces succès nouveaux!

Par l'Adjudant-commandant
BOISSON-QUENCY,

Membre de plusieurs Académies
et Sociétés littéraires.

STROPHES

AU PREMIER CONSUL,

Sur l'Attentat du 3 nivôse, et sur ses nouveaux exploits.

[Présentées le 5 nivôse de l'an 9.]

ENCORE cette fois, du vil conspirateur
Les projets avortés prouvent l'infame engeance.
Vos jours sont conservés ; c'est pour nous un bonheur !
Ils sont le vrai soutien et l'honneur de la France.

Elle occupe vos soins à reconduire au port,
Son navire flottant au milieu de l'orage,
Et contre qui les vents ont fait un tel effort,
Que, sans votre génie, il aurait fait naufrage.

Il vous doit son salut, ce vaisseau glorieux,
A qui tant d'ennemis vainement font la guerre ;
En portant un Consul toujours victorieux,
Il porte les trésors du Ciel et de la Terre.

Brave Alcide ! abattez tous ces monstres d'orgueil,
Qui tiendront, à leur honte, une place en l'histoire :
Laissez sévir la loi ! et qu'elle soit l'écueil
Des vils agens de Pitt qu'offusque votre gloire.

Laissez aux généraux, à nos braves guerriers,
Les honneurs et le soin d'achever vos conquêtes ;
Et leur ayant coupé des moissons de lauriers,
Cédez-leur le plaisir d'en couronner leurs têtes.

Quand de vos grands exploits nous nous entretenons,
Il nous faut convenir que vos soins et vos veilles
Sont les meilleurs soldats et les plus forts canons
Qui furent employés à toutes ces merveilles.

Après tant de travaux qui fixent nos regards,
Et que l'on doit ranger au nombre des prodiges,
Le Mont-Bernard vous vit triompher des hasards,
Et du grand Annibal retracer les vestiges.

C'est là qu'on voit gronder des torrens furieux,
Capables d'entraîner les plus forts édifices ;
C'est là que d'autres monts s'élèvent jusqu'aux cieux,
Et que jusqu'aux enfers vont tous les précipices.

C'est plus loin, c'est par vous qu'un honneur immortel
Suivit, dans ces climats, nos armes légitimes,
Que bientôt Marengo fut un sanglant autel
Où nos fiers ennemis ont été les victimes.

Ces pays de rochers, d'abymes, de marais,
Surent apprécier vos actes de clémence :
Leurs peuples, convertis au retour des Français,
Deux fois de vos talens ont connu la puissance.

En perdant ses canons, ses villes et ses forts,
Et voyant qu'il n'est rien qu'un héros ne surmonte,
L'Italie admirait vos glorieux efforts,
Et le rebelle allait au loin cacher sa honte.

Lorsque votre valeur conduisait nos guerriers,
Au chemin de la gloire, aux dangers de Bellone,
Je parcourais des monts tout couverts de lauriers,
Et je vous en cueillais pour faire une couronne.

Pour y joindre mes vers j'ai long-temps balancé :
Mais révolté du crime, étonné du silence
De tant d'auteurs fameux, dont le rang est fixé
Sur l'Hélicon, mon cœur cède à cette influence.

Ces vers n'ont rien de beau que leurs naïvetés,
Et ne vous donnent point de louanges nouvelles ;
Ils peignent vos vertus comme on peint ces beautés
Qu'un simple habillement fait paraître plus belles.

Des merveilles qu'on dit de l'armée et de vous
J'ai fait, dans mes écrits, des rapports véritables ;
Et les plus beaux romans doivent être jaloux
D'y voir des vérités plus belles que leurs fables.

Certes, la Renommée a vu, de tous ses yeux,
La gloire que par vous la France a méritée ;
Et pour la publier elle vole en des lieux
Où son rapide char ne l'a jamais portée.

Des climats éloignés on accourt pour vous voir ;
Les Peuples et les Grands consacrent votre gloire :
Et sans faire à l'armée user tout son pouvoir,
Le bruit de votre nom assure la victoire.

En vain la médisance attaque votre foi,
Et c'est contre le ciel que sa bouche blasphème.
Etre votre ennemi, c'est l'être de la loi;
Et l'être de la loi, c'est l'être de Dieu même.

L'envie a beau sécher de vous voir tant fleurir;
Elle a beau se nourrir d'une inique espérance;
On ne peut vous blesser sans nous faire mourir:
Ce que l'ame est au corps, vous l'êtes à la France.

Par l'Adjudant-commandant
BOISSON-QUENCY,

*Membre de plusieurs Académies
et Sociétés littéraires.*

POÉSIES FUGITIVES.

MADRIGAL

Sur le Portrait du PREMIER CONSUL, gravé sur une pierre fine par le célèbre artiste SIMON.

CE chef-d'œuvre de l'art est sans doute divin ;
Il offre d'un héros la digne ressemblance,
Sous un front découvert, mais auguste et serein,
L'appui des alliés, le soutien de la France.
Que sert de le graver sur la pierre et sur l'or ?
Ses traits et ses vertus que les Français admirent
Comme les sentimens qu'à chacun ils inspirent,
Dans le fond de nos cœurs sont mieux gravés encor.

MADRIGAL ANALYTIQUE

SUR LE PREMIER CONSUL.

VASTE dans ses projets, heureux dans ses exploits,
Délices des Français, craint des faux politiques,
Des peuples opprimés il rétablit les droits,
Assure leur bonheur, fonde des Républiques.
Supprimons les détails qui seraient superflus.
Son nom, préconisé par l'estime publique,
Est plus que tous nos vers un vrai panégyrique.
L'univers reconnaît ses talens, ses vertus.

ACROSTICHE

[Présenté après le Traité de Campo-Formio , pour mettre au bas du portrait de BONAPARTE.]

BELLONE offre, en ses traits, le plus heureux présage,
Un soldat intrépide, un héros accompli :
On a vu, tour à tour, cinq guerriers [1], contre lui,
Ne pouvoir soutenir le choc de son courage.
Au milieu des combats, toujours ami des arts,
Par-tout il les soustrait aux ravages de Mars [2].
A Rome, quand il vint diriger la Victoire,
Rome antique jamais n'avait vu tant de gloire.
Toi seule, ô Liberté, fis naître un tel enfant !
Et toi seule as pu faire un prodige si grand !

AUTRE.

[Présenté au Ministre, pour le PREMIER CONSUL, après la signature du Traité de paix définitif, conclu à Lunéville.]

BRAVE comme César, bon comme Marc-Aurele,
Vit-on de ces héros un plus parfait modèle !
On sait que les Anglais redoutent ses succès.
Nous le voyons sans cesse illustrer les Français,
Assurer leur bonheur, protéger la science,
Par-tout, comme un Nestor, signaler sa prudence;
Au milieu de l'horreur des plus sanglans combats,
Ralliant de sang-froid, il brave le trépas :
Toujours, dans ses exploits, suivi de la Victoire,
Elle le conduisit au faîte de la gloire.....!

---

[1] Allusion aux cinq armées détruites par Bonaparte.
[2] Allusion à la collection de monumens envoyée au Muséum.

ACROSTICHES DIVERS.

Mars, en favorisant un mérite accompli,
Offre dans ce héros, un Turenne, un Sully.
Redoutez ses succès que consacre l'Histoire,
Ennemis de la France et de l'ordre établi.
Au milieu des combats, instruit par la Victoire,
Vous le verrez par-tout environné de gloire.

––––––

Bouclier de la France, espoir de la patrie;
Ennemi de l'intrigue et de la tyrannie;
Rival de ces héros dont le courage heureux
Triomphe des périls qui croissent autour d'eux :
Honnête homme par goût, ami du militaire;
Il ne dément jamais ce rare caractère.
En tout temps le récit de ses exploits fameux
Rendra son nom célèbre à nos derniers neveux.

––––––

Milan et Trébia connaissent sa valeur.
Aux champs napolitains, conduit par la Victoire,
Ce héros sut monter au faîte de la gloire.
Dans sa docte retraite il fut encor vainqueur :
On doit graver son nom au Temple de mémoire.
Ni le fer ni le feu n'étonnent son grand cœur.
Au Splüghen [1] comme ailleurs, prudent et plein d'ardeur,
Les ordres qu'il prescrit et ceux qu'il exécute,
De nos fiers ennemis déterminent la chute.

––––––

[1] Célèbre passage de l'armée du général Macdonald dans la Valteline, dont le résultat fut de couper l'armée ennemie.

MODESTE, intègre et franc, servant bien son pays ;
Obligeant, vertüeux, fidèle à ses amis ;
Révéré dans les camps, agissant ou tranquille ;
Toujours dans les périls on le vit des premiers :
Il commande en César et combat en Achille.
En différens climats qu'il cueillit de lauriers !
Rien n'égale l'éclat de ses exploits guerriers.

MA Muse, en le chantant, éprouve un vrai plaisir.
Ami constant de ceux qu'il aime,
Son cœur se voue à leur desir,
Sait les apprécier, s'empresse à les servir :
En vain la modestie est sa vertu suprême,
Zos fastes prouveront que la France eut en lui
Au combat un César, au conseil un Sully.

L'ÉGYPTE et l'ITALIE ont connu sa valeur ;
ABOUKIR et JAFFA, comme les Pyrénées,
Zous retracent sa gloire. . . . et de ses destinées
Zous lisons, dans ses traits, le secret étonnant.
En vain l'œil, sur son front, veut compter les années,
Son seul aspect décèle, en lui, le conquérant.

MARS se plaît à compter, parmi tant de guerriers,
Un vainqueur glorieux et couvert de lauriers.
Rival de ces héros que l'univers admire,
Assurant, avec eux, le sort de cet Empire,
Toujours aux champs d'honneur il fut un des premiers.

LE Russe et le Germain, souvent à leurs dépens,
Ont éprouvé l'effet de ses rares talens ;
Italiski [1], lui-même, avec sa tête altière,
S'éclipsa sous les coups de cet heureux vainqueur [2].
On n'oubliera jamais avec quelle valeur
Notre héros brava cette gloire éphémère.

ARCOLE, FOSSANO, WURTZBURG et LA VICTOIRE
Virent cet autre Ajax, aux sentiers de la gloire,
Guidé par sa tactique, et le glaive à la main,
Etonner tour-à-tour l'Anglais et le Germain.
Redoutez les efforts de son ardeur guerrière,
Ennemis de la France et de la Liberté ;
Au Midi comme au Nord la vraie Égalité
Voit ses fiers partisans briller dans leur carrière.

DIGNE ami d'un Consul à qui tout rend hommage ;
Unissant la sagesse au talent du guerrier.
Rome eut-elle jamais un grand homme à cet âge !
On le voit, dans les camps, le front ceint de laurier,
Chez les rois, on le voit y joindre l'olivier. [3]

---

[1] Surnom de l'orgueilleux Suwaroff.

[2] Le général Loison, sous les ordres du général en chef Massena, a beaucoup contribué, par ses rapides et savantes manœuvres, à expulser les Russes de l'Helvétie, et à détruire la coalition, ainsi que les historiens en ont consacré la relation.

[3] Allusion aux missions importantes dont il a été chargé, et notamment à celle connue près de la cour de Berlin, où il reçut un accueil et des fêtes extraordinaires.

Favori de Neptune, ame franche et parfaite ,
On te révère, on t'aime.... une Muse indiscrète ,
Racontant ta vertu et tes talens divers,
Formerait un volume utile à l'Univers.
Académicien, Ministre, époux, bon père,
Ingénieur profond, homme à grand caractère,
Ses travaux diront tout, et bien mieux que nos vers.

Célèbre en tant de lieux, comme administrateur,
Actif autant qu'instruit et bon législateur,
Rien ne peut, sur son compte, obliger de nous taire.
Nous admirons, en lui, le grand tactitien :
Obligeant, vertueux, et franc de caractère ;
Tout annonce, en son être, un parfait citoyen...!

Kellermann pourrait être un exemple à citer ;
Régnant dans tous les cœurs par ses vertus civiques,
Il fut fait sénateur.... Soit dit sans le flatter,
Egal par les talens, ses travaux héroïques [1],
Guidant les voix [2], pourront au Sénat le porter.

Heureux dans la Vendée, et malheureux ailleur,
On le vit éclairer l'ignorance sauvage.
Consacrons sa mémoire et son rare courage ;
Honorons ses vertus, ses exploits, sa candeur,
Et distinguons en lui le PACIFICATEUR.

---

[1] Allusion aux campagnes du général Krieg, à ses 51 années de services, et aux ouvrages militaires-classiques qu'il a publiés il y a quelques années.

[2] Les nominations des candidats pour le Sénat conservateur se font à la majorité des voix.

ÉPITAPHE[1]

Du Général de division DESAIX, *mort d'un coup de feu
sur le champ de bataille à Marengo.*

DESAIX, d'un coup funeste atteint dans la mêlée,
Tu descends au tombeau, le front ceint de lauriers !
    La France, vivement touchée,
Fond en pleurs au milieu de ses mornes guerriers.
La Mort d'un nouveau lustre orne encor ta mémoire ;
Avec justice on peut, sur ta tombe aujourd'hui,
Te consacrer ces mots : *Il volait à la gloire
Sur les pas de Turenne ; il est mort comme lui.*

ÉPITAPHE

Du Général en chef CHAMPIONNET, *qu'une maladie
épidémique força de se retirer à Nice, où il mourut.*

L'EXEMPLE des guerriers, en détrônant les rois,
    Championnet, l'honneur de sa patrie ;
Championnet est mort : son nom et ses exploits
    Font seuls l'éloge de sa vie :
Ce héros intrépide, affrontant le trépas,
De Naples à Milan sut porter la victoire.
    Couvert des rayons de sa gloire,
Il reprenait haleine, après tant de combats,
Lorsqu'une Parque, hélas ! et jalouse et perfide,
Qui n'osa l'attaquer quand son bras enflammé
Foudroyait l'ennemi vainement animé,
    Le perça d'un trait homicide
Dans le fatal moment qu'il s'était désarmé.

---

[1] Imitation à l'ordre du jour.

SONNET

*Adressé aux Généraux en chef, BONAPARTE et MOREAU,
lors de leur départ pour les armées réspectives.*

BONAPARTE et MOREAU, dont l'art audacieux,
Doit ramener la paix en fixant la victoire,
L'aspect de vos lauriers, l'éclat de votre gloire,
Sont d'un heureux augure à la faveur des Dieux.

Votre nom seul déjà confond les factieux,
Et vos traits d'héroïsme enrichissent l'histoire :
Ils resteront gravés au temple de Mémoire ;
Et le bonheur enfin comblera tous nos vœux.

Des Romains trop vantés la valeur étonnante
Comme vous enchaînait la Fortune inconstante ;
Mais ils asservissaient les vaincus en tous lieux.

Ils furent les tyrans de la terre et de l'onde ;
Vous en serez les Dieux en triomphant du Monde :
Ils surent vaincre, hélas !... mais vous rendez heureux !

Par l'Adjudant - commandant
BOISSON-QUENCY,

*Membre de plusieurs Académies
et Sociétés littéraires.*

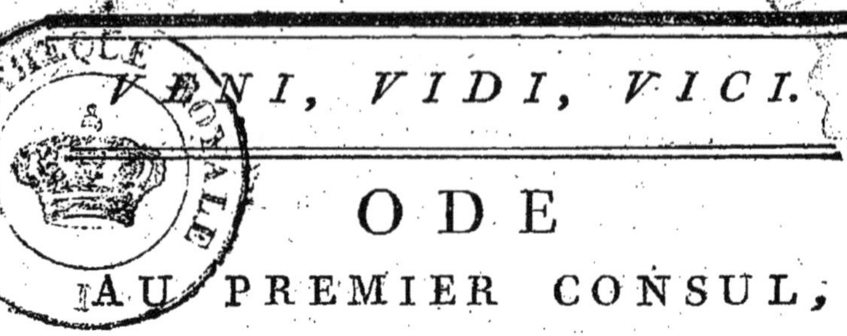

VENI, VIDI, VICI.

ODE

AU PREMIER CONSUL,

Sur le passage du Mont Saint-Bernard
et la Bataille de Marengo.

Dans tes archives éternelles,
O France ! laisse-moi le soin
De peindre, avec des traits fidelles,
Les exploits dont tu fus témoin.
Permets à ton heureux génie
De diriger la sympathie,
Dont je sens les divins transports :
Et pour chanter des faits si rares,
Que l'on doute si les Pindares
N'ont point quitté les sombres bords.

Tel on voit un épais nuage,
Redoutable arsenal des cieux,
A quelque infortuné rivage,
Annoncer le courroux des dieux,
Quand il rassemble, sur nos têtes,
Les foudres, la mort, les tempêtes ;
Que de ses flancs jaillit l'éclair,
Et que sa rage foudroyante,
Porte l'horreur et l'épouvante,
Parmi les habitans de l'air.

Tel Bonaparte et notre armée,
Franchissant monts, forts et marais,
Près d'une frontière alarmée,
Assurent leurs nouveaux succès ;
Tandis que Gênes assiégée,
Et par terre et par mer bloquée,

Se distingue par sa valeur
Sous ce Massena , dont la foudre ,
En Helvétie , a mis en poudre
Le Russe jusqu'alors vainqueur. (1)

Dirigé par Mars et Minerve ,
Rival du premier des Césars ,
Ce consul que l'Europe observe ,
Guide par-tout nos étendards.
Dans cette rapide carrière ,
Nos braves ont la tête altière ,
Et bientôt on voit , sous leurs pieds ;
Ces affreux remparts de la terre ,
Ce Mont-Bernard , faible barrière ,
Baisser leurs fronts humiliés.

Ces peuples naguères trop superbes ,
Ont vu réduire , en dépit d'eux ,
Au niveau des plus faibles herbes ,
Leurs retranchemens sourcilleux.
Aost , Chatillon , le fort-Barré ,
Montebello , Verceil , Novarre ,
Par lui se virent affrontés :
Par-tout où son glaive étincelle ,
La mort frappe , le sang ruisselle ,
Et nos ennemis sont domptés.

Brûlant d'une ardeur intrépide ,
Secondant ses vastes projets ,
Le soldat , sous un tel Alcide ,
S'élance à de nombreux succès.
Victimes de tant de conquêtes ,
Fiers Germains , malgré vos défaites ,
Confessez en face des dieux ,
Que l'aspect de plusieurs comètes ,
Vous eût moins surpris que nos têtes ,
S'élevant aussi près des cieux.

---

(1) Allusion à la destruction de la coalition en Helvétie ,
par notre armée , sous les ordres de ce général en chef ,
lors de l'arrivée du général Suwaroff.

De Mélas, ferme espoir de la ligue ,
Les efforts sont infructueux :
En vain il croit servir de digue
A ce torrent impétueux !
Retarder pour nous la victoire ,
C'est nous faire acheter la gloire
Au prix du sang de ses guerriers.
Déjà son élite flottante
Tremble et recule d'épouvante ,
Devant les Lannes , (1) les Berthiers. (2)

La victoire est-elle incertaine ,
Lorsque par eux on est guidé ?
En l'un elle croit voir Turenne ,
Elle prend l'autre pour Condé.
A Marengo comme à Tortonne ,
A leur aspect chacun s'étonne
De voir leurs coursiers haletans ,
Bouillant d'ardeur, froisser la terre ,
Et prévenir le cri de guerre
Par leur bruyans hennissemens.

Lancé par eux dans la carrière ,
Ils soutiennent des chocs divers ;
Sous leurs pieds vole la poussière ,
D'écume leurs morts sont couverts.
De nos héros , le grand courage
Assure un nouvel avantage
Par les plus rapides progrès.
Déjà la prompte renommée
De cette valeur animée ,
Montre aux fiers Germains les effets.

---

(1) Le général Lannes commandait les troupes de l'avant-
garde.

(2) Le général Alexandre Berthier commandait en chef
l'armée entière ; il eut son habit percé de plusieurs balles
à Marengo. Ses frères Léopold et César se sont également
distingués dans la même armée.

Quel acharnement redoutable !
Défense , attaque et cent hasards
Ont rendu ce jour mémorable !
Mélas guidait ses étendards ;
Un noble désespoir l'anime :
Mais hélas ! un espoir sublime
N'est point à l'abri des revers.
Dieux !... Qu'entends-je ?... La charge sonne ;
Le fer luit , la mort l'environne ;
Un bruit confus perce les airs.

Effroi de tout ce qui respire ,
Cent comètes , globes affreux ,
Semblent sortir du sombre empire
Pour embraser celui des cieux ;
Tandis que nos foudres de guerre ,
Rivaux du céleste tonnerre ,
Écrasent les Germains altiers.
Leur étonnante résistance
Ne fait que doubler la vaillance
De tous nos braves grenadiers.

Bonaparte accourt !... Sur ses ailes
La victoire soutient son bras :
Non : jamais le vainqueur d'Arbelles
N'eut plus d'ardeur dans les combats ;
La mort n'a rien qui l'intimide ;
Par-tout son courage intrépide
Est devancé par la terreur.
Une lionne rugissante ,
Pour sa famille encore naissante ,
S'expose avec moins de fureur.

Chargé du burin de l'histoire ,
Le tems s'efforce vainement
D'observer par-tout la victoire ;
Son vol le sert trop lentement.
Murat , Victor , Marmont , Bessière ,
Font aussi gronder leur tonnerre ;

Pallas devance leurs drapeaux ;
Leurs noms et leur marche imposante ,
Glacent l'ennemi d'épouvante ;
Ils cueillent des lauriers nouveaux.

L'airain et le ciel étincèlent ;
Les cris aigus de nos guerriers ,
Au bruit des trompettes se mêlent ,
Et les Germains sont prisonniers.
Kellermann soutenant la gloire
D'un nom signalé dans l'histoire ,
Paraît.... Il défait les Hongrois ;
Son sang-froid le caractérise ;
Sa bravoure l'immortalise ;
Il vole a de nouveaux exploits.

Désaix , modèle des vrais braves ,
Parcourt et dirige les rangs.
Il vient , écarte les entraves ,
Et nos guerriers sont triomphans.
Oh ! regrets !... la Parque implacable
Lance , sur ce front redoutable ,
Le globe qui porte la mort.
Il n'est plus... mais l'aigle succombe !
Sa chute , dans la même tombe ,
Nous venge de ce coup du sort.

Tout cède ; et la terre inondée
Du sang des valeureux soldats ,
Montre à Mélas sa destinée ,
S'il livre encor de vains combats.
Il voit sa déroute complète
Sans pouvoir régler la retraite ,
De ses légions aux abois ;
Et le Pô , sur ses tristes rives ,
N'entend plus que des voix plaintives ,
Qui murmurent de nos exploits.

Comme on voit, après les orages,
L'horizon, briller, éclairci,
Et disparaître les nuages
Dont le ciel était obscurci ;
Ainsi notre soleil se lève,
L'ouvrage du destin s'achève ;
France, jouis de tes succès !
Tu vas, dans le sein de la gloire
Unir aux fruits de la victoire,
Toutes les douceurs de la paix.

Tandis qu'au loin la renommée,
Par mille récits effrayants,
Raconte à la terre alarmée
La fin de tant d'exploits brillants,
Et que de ses mille trompettes
Elle célèbre nos conquêtes,
Sachons honorer nos vainqueurs,
Et de l'état laissant les rênes
Au plus grand de leurs Capitaines,
A l'amour ouvrons tous nos cœurs.

Ce n'est point un autre Alexandre,
Vain héros que l'antiquité,
Pour avoir tout réduit en cendre,
A si bassement exalté.
Il ne suit pas la folle audace
De ces guerriers qui, sur sa trace,
Usurpent le nom de vainqueurs :
Ce Consul par de grands exemples
Instruit à mériter des temples,
Veut s'en élever dans nos cœurs.

Par l'Adjudant-Commandant,

BOISSON-QUENCY,

Membre de plusieurs Académies
et Sociétés littéraires.

SUR LA PAIX GÉNÉRALE.

CANTATE.

Que l'Amitié, que la Patrie,
Que Bonaparte soient seuls l'objet de nos vœux !
Ayons toujours l'ame nourrie
Des feux que ce héros nous inspire en ces lieux.
Chaque jour, chaque instant, au bonheur, à sa gloire,
Ajoutent des succès nouveaux.
Le Monde, heureux par ses travaux,
En consacrera la mémoire :
A l'Univers il donne le repos.

Ah ! qu'un pilote
Près de la côte
Sent de plaisir
Quand sa chaloupe
En poupe
A le zéphyr !

Après l'orage
Quel avantage
De recueillir,
Loin des alarmes,
Les charmes
D'un doux loisir !
Ah ! qu'un, etc.

Le terrible Dieu de la guerre
Laisse enfin par nos vœux éteindre son tonnerre ;
De ses redoutables fureurs
Tout cesse de sentir l'injuste violence ;
La Paix verse en tous lieux une heureuse abondance,
Et le plaisir dans tous les cœurs.

La crainte s'envole
Avec les soupirs :
Le fougueux Éole
Cède aux doux zéphyrs :

Déjà dans la plaine
On voit l'olivier
Renaître sans peine
Auprès du laurier.
La crainte, etc.

Les Dieux sont appaisés, et l'Univers respire ;
La discorde s'enfuit au ténébreux séjour,
Thémis rétablit son empire ;
La trompette se tait, et désormais l'amour
N'est plus épouvanté par le bruit du tambour.

Jeunesse trop long-tems guerrière,
Cherchez et les jeux et les ris ;
Mars les retrouve dans Cythère
Auprès de l'aimable Cypris.

De triomphes toujours avide,
Suivez fidèlement ses pas ;
En amour, qu'il soit votre guide
Comme il le fut dans les combats !
Jeunesse, etc.

Partisants du Dieu de la Tonne,
Si les fleurs, qu'un Amant moissonne,
Ne suffisent point à nos vœux,
Vous pourrez réunir, dans la même couronne,
Le lierre de Bacchus et le mirthe amoureux.

Loin des bruyantes alarmes
Qui volaient devant son char,
Près de Vénus le Dieu des armes
De sa main reçoit le nectar :

Sa lance, qu'on ne doit plus craindre,
Ne rougit plus de sang humain ;
Et l'Amour s'amuse à la teindre
Dans la pourpre d'un jus divin.
Loin des, etc.